MARGRET & H.A. REY'S

Curious George
Goes to a Costume Party

Jorge el curioso
va a una fiesta de disfraces

Written by Laura Driscoll Escrito por Laura Driscoll
Illustrated in the style of H. A. Rey by Martha Weston
Ilustrado en el estilo de H. A. Rey por Martha Weston
Translated by Carlos E. Calvo Traducido por Carlos E. Calvo

Houghton Mifflin Harcourt
Boston   New York   2012

www.hmhbooks.com

The text of this book is set in Adobe Garamond.
The illustrations are watercolor.

ISBN: 978-0-547-86575-1 pa
ISBN 978-0-547-86574-4 pob

Manufactured in China
LEO 10 9 8 7 6 5 4 3 2 1
4500354702

This is George.

He was a good little monkey and always very curious.

One day George and his friend the man with the yellow hat were on their way to a party at Mrs. Gray's house.

Este es Jorge.

Era un monito bueno y siempre muy curioso.

Un día, Jorge y su amigo, el señor del sombrero amarillo, iban camino a una fiesta en la casa de la señora Gray.

George could not wait. He liked parties, and he was looking forward to seeing Mrs. Gray. But when the door opened George did not see Mrs. Gray at all—he saw a witch!

Jorge estaba muy ansioso. Le encantaban las fiestas y tenía muchas ganas de ver a la señora Gray. Pero cuando la puerta se abrió, Jorge no vio a la señora Gray...¡vio a una bruja!

"Don't be afraid, George," said the man with the yellow hat. "This witch is our friend."

The witch took off her mask. It was Mrs. Gray after all! "Oh dear," she said. "Did I forget to tell you this was a costume party?"

—No tengas miedo, Jorge —dijo el señor del sombrero amarillo—. Esta bruja es nuestra amiga.

La bruja se sacó la máscara. ¡Era la señora Gray!

—Oh, cariño —dijo—. ¿No te avisé que era una fiesta de disfraces?

George had never been to a costume party before. Inside he saw more people that he knew. They were all wearing costumes. There was his friend Betsy dressed up like an astronaut. And was that Bill? Why, he looked just like a mummy!

Jorge nunca había estado en una fiesta de disfraces. Adentro vio más gente conocida. Todos tenían disfraces. Su amiga Betsy estaba vestida de astronauta. ¿Y ése era Bill? ¡Caramba, parecía una momia!

George wanted to wear a costume, too.

Jorge también quería ponerse un disfraz.

"I have some dress-up clothes upstairs," said Mrs. Gray. "Would you like to use them to make a costume, George?"

—Arriba tengo algunos disfraces —le dijo la señora Gray—. ¿Quieres eligir uno para disfrazarte, Jorge?

Mrs. Gray took George to a room with a big trunk filled with clothes.

"Borrow anything you like, George," she said. "I have just the thing for your friend downstairs."

La señora Gray llevó a Jorge a una habitación donde había un baúl grande lleno de disfraces.

—Toma prestado el que te guste, Jorge —le dijo—. Abajo tengo algo justo para tu amigo.

George tried on lots of costumes.

Jorge se probó muchos disfraces.

The first was too big.

El primero era demasiado grande.

The next was too small.

El siguiente era demasiado pequeño.

Another was too silly.

Otro era demasiado ridículo.

And this one was too scary!

¡Y éste daba demasiado miedo!

At last George found a costume that was just right. George was a rodeo cowboy! He wore a vest and pants with fringe. He even had a lasso and a hat!

Finalmente, Jorge encontró el disfraz perfecto. ¡Jorge era un vaquero de rodeo! Se puso un chaleco y pantalones con flecos. ¡Hasta tenía un lazo y un sombrero!

If only he could see himself in the mirror.
George was curious. Could he see himself
if he stood on the bed?
No. He needed to jump higher.

Si tan sólo pudiera verse en el espejo.
Jorge sintió curiosidad. ¿Podría verse
si se parara en la cama?
No. Tenía que brincar bien alto.

George bounced on the bed—just a little
—but still he couldn't see.

Jorge brincó en la cama, sólo un poco, pero
todavía no podía verse.

He bounced a little more, and a little more.

Brincó un poco más, y un poco más.

Soon George was having so much fun, he forgot all about looking in the mirror. He bounced as high as he could until—

Enseguida, Jorge se estaba divirtiendo tanto que se olvidó de verse en el espejo. Brincó lo más alto que pudo hasta que...

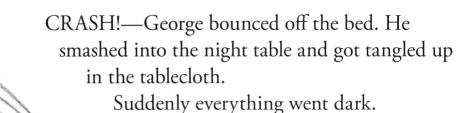

CRASH!—George bounced off the bed. He smashed into the night table and got tangled up in the tablecloth.

Suddenly everything went dark.

¡CATAPLUM! Jorge rebotó en la cama. Se estrelló contra la mesa de noche y quedó enredado en la cubierta.

De repente, todo se oscureció.

George heard the people downstairs gasp, "What was that?" "Was that a ghost?"

Jorge escuchó que la gente de abajo exclamaba:

—¿Qué fue eso?

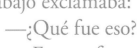 —¿Fue un fantasma?

A ghost?! George did not want to meet up with a ghost alone. He dashed out of the room and down the hall. He wanted to get back to his friend in a hurry and he knew the fastest way.

¿¡Un fantasma!? Jorge no quería verse a solas con un fantasma. Salió de la habitación, corriendo por el pasillo. Quería regresar velozmente donde su amigo y sabía cuál era la forma más rápida.

He hopped onto the stair rail and sailed—WHOOSH!—down the stairs.

Se trepó al pasamanos de la escalera y se deslizó...¡ZASSS!... hacia abajo.

16

"It *is* a ghost!" someone screamed. Everyone turned. They looked scared, and they were looking at George. The ghost must be right behind him!

—¡*Es* un fantasma! —gritó alguien.
Todos se voltearon a mirar. Estaban asustados y miraban a Jorge.
El fantasma debía estar ¡detrás de él!

George flew off the rail and landed—PLOP!—in the arms of a farmer. But this wasn't really a farmer. It was his friend, the man with the yellow hat!

Soon everyone stopped looking scared and started to laugh.

Jorge salió despedido del pasamanos y cayó...¡PLAF!...en los brazos de un granjero. Pero no era un granjero de verdad. Era su amigo, ¡el señor del sombrero amarillo!

Enseguida, todos dejaron de mirar asustados y empezaron a reír.

"That's not a ghost. That's a cowboy!" laughed a policeman.
"That's not a cowboy. That's a monkey!" giggled a princess.
"That's not just any monkey," said Betsy. "It's Curious George!"
Everyone clapped and cheered. They liked George's Halloween trick.

—¡Ese no es un fantasma! ¡Es un vaquero! —dijo riendo un policía.
—¡Ese no es un vaquero! ¡Es un mono! —dijo entre risitas una princesa.
—¡Ese no es cualquier mono! —dijo Betsy—. ¡Es Jorge el curioso!
Todos aplaudieron y celebraron. A todo el mundo le gustó la broma de
Jorge en la Noche de Brujas.

"You gave us a good scare, George," said Mrs. Gray. "And I'm glad to see you found some interesting costumes. Now why don't I take your ghost outfit so you can join the party?"

—Jorge, nos asustaste de verdad —dijo la señora Gray—. Y me alegra ver que encontraste disfraces interesantes. Déjame sacarte el disfraz de fantasma para que disfrutes de la fiesta.

After the guests bobbed for apples, lit jack-o'-lanterns, and played some party games, prizes for the best costumes were handed out.

Después de que los invitados habían metido la cabeza en el agua para morder manzanas, encendieron calabazas, jugaron a varios juegos y se repartieron los premios a los mejores disfraces.

There was one prize for Betsy, and one for Bill, and *two* for Curious George.

Le dieron un premio a Betsy, uno a Bill, y *dos* a Jorge el curioso.

"You were the best ghost *and* the best cowboy, George," said Mrs. Gray.

—Jorge, fuiste el mejor fantasma *y* el mejor vaquero —le dijo la señora Gray.

Everyone had a good time at the party, especially George.
Too soon it was time to say goodbye.

Todo el mundo la pasó estupendamente en la fiesta, especialmente Jorge.
Y ya era hora de despedirse.

"Good night, George."
Happy Halloween!

—Buenas noches, Jorge.
¡Feliz Noche de Brujas!